Je m'appelle Brésil

Je m'appelle Brésil

Nouvelle

Diego Rodrigues

(Copyright) © 2018 par Diego Rodrigues Da Costa

Édition : BoD – Books on Demand,
12/14 rond-point des Champs-Élysées, 75008 Paris

Impression : BoD - Books on Demand, Norderstedt, Allemagne

ISBN : 9782322188062

Dépôt légal : Novembre 2019

Disponible également en format numérique

Ce livre est sous la protection des lois sur les droits d'auteurs en France. Le droit d'auteur est régi par le Code de la propriété intellectuelle (CPI), article L. 111-1. Il est interdit de reproduire ce livre en tout ou en partie pour des fins commerciales.

À ma tendre épouse, la mère de mon fils et la couronne sur ma tête.

« Il y a trois sortes d'hommes : les vivants, les morts et ceux qui vont sur la mer. » Aristote.

Sommaire

- Le naufrage...15
- La rencontre..21
- Le combat...27
- Le choix d'Araken..35

- La fugue d'Anna Maria..43
- Le sauvetage...49
- La mort du guerrier..55

- Xigua et Anna Maria..65
- Le capitaine..67
- La plage...75
- Il s'appelle Brésil..83

I. Première partie

Le ciel se décolorait peu à peu, s'abandonnant à la nuit prochaine, un peu mélancolique comme une chanson d'adieu. Non loin de là, des mouettes disparaissaient dans l'horizon. Anna Maria de la Cruz, accoudée à la balustrade du navire, regardait vers le large. Une brise languissante faisait flotter ses beaux cheveux bruns tel un drapeau.

— Tout va bien, mon amour ? demanda Joseph de la Cruz, en observant sa femme.
— Oui… C'est juste que… J'ai hâte d'y être.
— Nous en avons encore pour quelques heures, va te reposer mon amour, tu dois être fatiguée.

Peu de temps après, ce même ciel qui avait été d'un parfait orange velouté fut recouvert d'un manteau noir et dense.

Les marins se lancèrent des regards, une inquiétude tacite se communiqua à tout l'équipage.

— Ça commence à souffler ! cria un matelot en tirant sur une corde.

Quand Anna Maria sortit brusquement de son sommeil, elle était loin de se douter de ce qui se passait sur le pont. Elle regarda autour d'elle : son mari n'était pas dans la cabine. Longeant les murs, non sans peine, elle arriva devant les escaliers. À peine arrivée sur le pont, elle sentit un choc si violent qu'elle perdit l'équilibre : une vague gigantesque s'était fracassée contre la coque, emportant avec elle deux matelots.

On entendait au loin le tonnerre gronder. Ce bruit assourdissant ne fit qu'aggraver l'affolement général. Les bourrasques redoublèrent d'intensité. Les ondes, les remous se succédaient sans trêve.

— Il faut abattre[1] le vaisseau ! hurla un matelot, mais où est le capitaine ?

Joseph aida son épouse à se relever. Comme elle était étourdie par sa chute et par le fracas incessant des ressacs, les mots de Joseph lui semblèrent inaudibles.

— Quoi ?
— Monte dans le canot ! fit-il en montrant du doigt la direction.

---

[1] Abattre : c'est manœuvrer le bateau de manière à l'écarter du lit du vent.

Ce fut la dernière parole qu'elle entendit de lui, avant Le grand bruit. Contrairement à elle, il n'eut pas le temps d'atteindre le canot. Cependant, dans toute cette agitation, une poutre tomba et cogna si violemment la tête d'Anna Maria que celle-ci perdit connaissance.

Quand Anna Maria reprit conscience, près d'une des plages de ce qu'on appelait en l'an de grâce 1652 « le Nouveau Monde », elle ne vit autour d'elle que des débris d'épaves. Sa première pensée fut pour Joseph, la seconde fut pour elle-même : « Comment ai-je pu survivre à cela ? » Elle enleva sa camisole blanche, découvrant ainsi sa fine taille, et la suspendit aux branches d'un *cajueiro*[2], mais n'osa pas enlever ses sous-vêtements. Longeant cette belle plage – quoiqu'elle ne prêtât pas attention à sa beauté –, elle se demandait comment Joseph aurait pu survivre. Elle s'en voulait, car ce voyage était son idée :

— Je rêve d'aventure… disait-elle d'un ton mélancolique pour accentuer son désir.

---

[2] *Cajueiro* : l'anacardier, ou pommier-cajou, est une espèce de petit arbre de la famille des anacardiacées.

Après deux ans de mariage tranquilles, tel l'écoulement d'un paisible ruisseau, elle s'était sentie lasse. La vérité, c'est qu'elle n'en voulait plus de cette vie mondaine. Son mari, dont la fortune était sujet de ragot dans tout Lisbonne, s'empressa de lui préparer… « un voyage inoubliable ».

Après s'être remémoré cela, elle eut envie de pleurer, quand soudain, elle vit un corps gisant sur l'eau, se balançant au rythme des vagues. De loin, elle put déduire que ce n'était pas Joseph : il ne portait pas ces vêtements. Elle continua et vit d'autres cadavres. Maintenant elle redoutait le pire. Elle revint sur ses pas, prit ses vêtements devenus secs et s'enfonça dans l'immensité de la flore verte.

Elle marcha durant des heures, vers une destination inconnue – pourvu que cela fût une destination. La soif l'empêcha d'aller plus loin. Elle choisit l'endroit le plus convenable selon elle pour se mettre à l'ombre. Elle entra dans un petit bosquet et décida de s'asseoir au pied d'un *jenipapo*, un arbre fruitier aux fines branches. Elle trouva appétissants ces fruits dont l'aspect lui rappelait fortement celui de la poire. Cependant, elle n'osa pas les manger.

La nuit tomba vite, très vite, et bientôt il fit nuit noire, les étoiles étaient comme mortes. Par crainte, elle resta éveillée de nombreuses heures, suspicieuse du moindre bruit, jusqu'à ce que l'épuisement eût raison d'elle.

La rencontre fut frappante quand elle ouvrit les yeux : elle entrevit un petit groupe d'hommes à la peau rouge, caché derrière les arbres. Ils étaient presque nus, maquillés, manifestement stupéfaits de cette intrusion sur leur territoire. Mais quand elle vit leurs lèvres qui semblaient avoir été greffées par un disque en bois, leur nez et leurs oreilles transpercés par des bâtons, elle eut peur. Cependant, elle sentit qu'il était inutile de tenter de s'enfuir, bien que certains soient armés de lances et d'arcs. Leurs regards n'étaient en effet guère menaçants.

— Une étrangère… dit un homme rouge dans une autre langue.
— Oui c'est évident, andouille, va chercher Pitiguara le pêcheur, il saura lui parler, fit un autre.
— Andouille toi-même ! Pourquoi c'est à moi d'aller le chercher ?

— Silence ! s'écria un autre homme, plus âgé que les deux premiers.

Anna Maria observa la scène et dit :

— Je suis perdue, aidez-moi s'il vous plaît.

Les hommes s'arrêtèrent un instant, la regardèrent puis reprirent leurs chamailleries. Soudain, Pitiguara arriva. Une multitude de poissons étaient enfilés en brochette sur sa lance.

— Que se passe-t-il ?... demanda le pêcheur.

En voyant l'étrangère, il s'arrêta net, bouche bée.

— S'il vous plaît, fit encore la jeune femme, aidez-moi à trouver les miens, nous avons fait naufrage, aidez-moi, je vous en supplie.
— Tout va bien, étrangère, n'aie pas peur, Pitiguara ami, dit le pêcheur en se pointant lui-même du doigt.
— Vous parlez ma langue ! Dieu soit loué…
— Pitiguara parle la langue de l'étrangère, laisse Pitiguara t'aider à te relever.
— Oui, merci…

Puis, après avoir donné quelques indications aux siens, il déclara :

— Nous devons la mener à Araken, il doit la voir.

Une fois arrivés au campement de la tribu, Pitiguara et Anna Maria entrèrent dans la cabane d'Araken. Le vieil homme était en train de fumer son calumet.

— Ancien, voici une étrangère, nous l'avons trouvée dans la forêt sacrée de Jurema, fit Pitiguara.
— Bienvenue sois-tu, étrangère, c'est Tupã[3] qui t'amène jusqu'à la cabane d'Araken.
— Vous aussi vous parlez ma langue !
— Araken parle beaucoup de langages, mais le langage le plus important est celui de Tupã, car c'est un langage universel…
— Aidez-moi s'il vous plaît, nous avons fait naufrage, aidez-moi à trouver les miens.
— Seul Tupã peut savoir si Araken peut aider, nous mènerons l'hôte près des siens après le combat.
— Le combat ?
— Maintenant l'hôte doit partir, Araken fatigué, Araken doit se reposer.

---

[3] Tupã (se prononce « toupan ») : nom d'origine mythologique indigène, signifiant éclair ou foudre. Il est aussi considéré comme le créateur de toute chose.

Pitiguara accompagna Anna Maria près de sa cabane et lui présenta sa famille.

— Voici ma femme Saraíba et mon fils Caubi.

Pitiguara demanda à sa femme de prendre soin d'Anna Maria car il avait d'autres occupations.

Saraíba était une belle indigène qui semblait âgée d'une trentaine d'années. Ses longs cheveux étaient d'un noir sublime, semblable au plumage d'un corbeau. Leur fils Caubi, dont les cheveux étaient de la même couleur, était un jeune garçon souriant, comme son père, et devait avoir près de dix ans.

Leur cabane carrée, contrairement à celle d'Araken, était d'une simplicité singulière. Il n'y avait pas de porte, la toiture était faite à base de feuilles de palmier. À l'intérieur, près de l'entrée à gauche, étaient stockés des bols, des ingrédients de cuisine et des herbes à usage médicinal. Une odeur d'herbe fraîche, semblable à celle de la coriandre, parfumait la cabane. À droite des lits, de la fourrure de jaguar tapissait le sol ; au fond étaient entreposées des armes – des lances, des hachettes, un arc et des flèches. Le regard d'Anna Maria dévia de nouveau vers l'entrée et elle y vit un objet familier, une paire de ciseaux, ce qui attisa sa curiosité.

Après que Saraíba eut préparé une substance liquide jaunâtre, elle tendit une *cuia*[4] lentement, presque religieusement, près du visage d'Anna Maria. En voyant des feuilles au milieu de la substance, celle-ci demanda :

— Qu'est-ce que c'est ?
— *Tucupi*[5] de crevettes avec feuilles bonnes à manger, répondit Saraíba.

La jeune femme l'ingurgita aussitôt.

— C'est bon, mais j'aurais préféré quelque chose de frais, fit Anna Maria en reposant la *cuia*.
— Frais pas bon ! s'exclama Saraíba avant d'ajouter : *tucupi* froid être poison.

L'étrangère en déduisit deux choses : la première, c'est qu'avant de boire le *tucupi*, il fallait le porter à ébullition, la seconde, c'est que Saraíba ne comprenait pas aussi bien le portugais que son mari.

Peu de temps après, Saraíba fit griller quelques poissons, les tendit de la même manière à Anna Maria, qui mangea avec l'appétit d'un homme après la chasse.

---

[4] *Cuia* : bol fait d'une demi-calebasse. Ce terme vient du langage des Tupis, toujours employé dans le nord du Brésil.
[5] *Tucupi* : sauce jaune à base de jus de manioc.

Le combat était proche. Il était là. Araken fut sorti soudainement de son sommeil.

— Quel est ce cri ? Un oiseau ? demanda Araken.
— Non, Chef, c'est le cri des guerriers Tabajaras[6] annonçant leur arrivée proche, répondit l'un des guerriers devant sa cabane.
— Préparez leur arrivée, ordonna le chef.

Les hommes sortirent de leurs cabanes, certains munis d'instruments de musique, d'autres d'armes. L'ambiance devint soudain électrique. Anna Maria les suivit. Toute la tribu était réunie en un seul lieu formant un demi-cercle. En effet, une autre tribu lui faisait face comme un seul homme, le regard rempli de férocité. Les musiciens commencèrent à jouer, le son des tam-tam retentit dans la jungle.

---

[6] Tabajaras : peuple indigène originaire du nord-est du littoral brésilien.

— Présentez votre guerrier ! s'écria Araken.

Un dénommé Jaka s'approcha d'un pas rapide, déterminé et impatient. Son corps était bien fait, celui d'un homme habitué à l'exercice. Toutefois, son visage était laid.

— Je suis Jaka, fils de Jakauna, grand guerrier de la tribu Tabajaras. Que le sang des faibles coule sur ma lance ! Et que…

Jaka interrompit soudain les musiciens.

— Que vient faire une étrangère dans les bois sacrés ! ? vociféra-t-il en pointant Anna Maria de sa lance.
— Garde ta colère, intervint Pitiguara, l'étrangère est l'hôte d'Araken. Celui qui offensera l'étrangère offensera Tupã !
— La colère de Jaka entend seulement le cri de la vengeance, l'étrangère doit mourir !
— Le chef des guerriers tupis[7] est plus fort que le plus grand des Tabajaras, lança Pitiguara en esquissant un léger sourire.

---

[7] Tupis : Amérindiens autochtones de la côte brésilienne.

— Ne me provoque pas, mangeur de crevettes ! fit l'autre en grimaçant, ce qui rendit son visage encore plus laid.

— Alors, accepte d'être puni par Xigua, et ta punition sera la mort !

— L'ombre de Xigua ne protégera pas les Tupis pour toujours, ni l'étrangère. Qu'il vienne !

Les tambours reprirent avec plus de force et d'écho, ainsi que les cris des guerriers. Les anciens lançaient des incantations, appelant les esprits guerriers pour qu'ils guident les braves. Au milieu de ses hommes Xigua s'avança.

Anna Maria prit Pitiguara à part et demanda ce qui s'était dit et pourquoi elle avait l'impression d'être concernée. Il répondit avec exactitude et elle comprit que sa vie était désormais entre les mains d'un homme qu'elle ne connaissait pas et dont l'apparence était beaucoup moins impressionnante que celle de son adversaire.

— Xigua se bat pour moi ? demanda-t-elle.

— Xigua ne se bat que pour lui-même, corrigea Pitiguara, mais n'aie crainte, étrangère, tout va bien se passer.

Malgré ces paroles, le cœur d'Anna Maria devint lourd, elle se demanda de quelle façon elle allait mourir. Allait-elle être mangée ensuite ? Et s'il fallait être mangée, quelle partie de son corps allaient-ils d'abord dévorer ?

Tandis qu'elle s'infligeait ces tortures de l'âme et d'autres semblables, Xigua fit face à son adversaire. Ses yeux noirs et vifs, où l'on pouvait discerner une grande détermination, restèrent fixés sur Jaka.

— Que les guerriers choisissent leurs armes ! s'écria Araken.

Jaka resta avec sa lance, mais Xigua, étonnamment, prit deux hachettes, une dans chaque main. À leur vue, Jaka se moqua ouvertement :

— Les fils des Tupinambás[8] sont des idiots ! La lance de Jaka le touchera bien avant !

Il y eut un éclat de rire chez les Tabajaras.

— N'insulte pas nos ancêtres ! rétorqua Xigua avec un regard menaçant. Xigua aime les défis !

---

[8] Tupinambás : tribus guerrières d'Amazonie, ancêtres des Tupis. Tupi namba signifie « les plus anciens ».

Les deux hommes montèrent sur une plateforme préparée spécialement pour l'évènement. Puis, se tournant vers leurs clans en brandissant leurs armes, ils s'exclamèrent :

— Que mon arme terrasse mon ennemi !

Jaka s'élança sur son adversaire pendant qu'il avait le dos tourné. Ce dernier esquiva la lance de justesse d'un mouvement rapide vers la droite, mais Jaka insista avec la partie en bois. Le coup puissant entailla les lèvres de Xigua.

Il y eut comme un frémissement d'admiration dans la foule et quelqu'un lâcha : « Ce Xigua tout de même, il est coriace… »

Jaka se déchaînait, mais rien ne semblait vouloir faire trébucher Xigua. Il esquivait chaque coup avec une vivacité hors du commun : estocades, parades, feintes, chacun de ses déplacements semblait calculé. Le guerrier Tabajaras, dans un geste d'agacement et de frustration, fendit l'air avec sa lance si puissamment que, durant l'espace d'une seconde, on eût cru qu'il avait créé une brèche vers une autre dimension. Xigua vit une ouverture – en vain, Jaka l'esquiva. Tout à coup, Jaka fit un geste inattendu : un coup vertical.

— Xigua ne pourra pas l'éviter ! s'écria Pitiguara inquiet.

La foule retint son souffle un instant, c'était comme si le temps s'était arrêté.

Xigua para *in extremis* le coup en croisant ses hachettes. Jaka insista encore et encore, ce qui fit reculer Xigua qui, arrivé au bord de la plateforme, perdit une de ses armes.

Anna Maria retint son souffle à son tour, ses yeux grands ouverts comme des soucoupes.

Quand, soudain, Xigua prit d'une main la lance, Jaka essaya de se retirer, mais Xigua la tenait fermement. La main ensanglantée, le cœur battant, il donna un coup puissant et brisa la lance. Puis, se servant de l'arme de son adversaire, il lui entailla le côté gauche. Jaka s'écroula face contre terre. Xigua se précipita alors sur lui, posa sa hachette menaçante, aussi pointue que le bec du toucan, contre son cou palpitant, avant de lancer un dernier regard vers Araken qui lui fit un signe de la tête.

— Arrêtez ! s'écria Anna Maria qui avait surpris tout le monde en rentrant dans l'arène.

Xigua lui lança un regard perplexe, semblant pour une fois ne plus savoir quoi faire.

— Arrêtez ! répéta Anna Maria, vous n'êtes pas obligé de faire ça, vous avez gagné !

Xigua lança de nouveau un regard en direction du chef. Araken lui-même semblait plongé dans l'étonnement le plus total. On entendit dans la foule : « Malheur ! » « Sacrilège ! » « Nous allons subir les foudres de Tupã ! »

Araken, voyant la panique venir, lança :

— Arrêtez l'étrangère !
— Mais qu'est-ce que… ? Lâchez-moi ! Pitiguara, aide-moi !
— Je suis désolé, Pitiguara ne peut rien faire, l'étrangère a arrêté un combat sacré…

Après un long moment, rempli de chuchotements, d'indignations et de commérages, les deux tribus étaient toujours face à face, attendant la sentence.

— Nous allons consulter Tupã pour savoir quel sort nous devons réserver à l'étrangère et pour qu'il nous accorde son pardon pour notre négligence, fit Araken.

De nouveau les tambours résonnèrent, les hommes et les femmes faisaient s'entrechoquer les coquillages accrochés à leurs pieds et leurs poignets, le vieux Araken fumait le calumet au milieu d'eux, tandis que les musiciens chantaient :

« Tupã est notre père, le créateur de l'univers, oh, oh, yandaru !

Il créa la terre, la forêt et y plaça les Indiens ;

Tupã est notre père, le créateur de l'univers, oh, oh, yandaru ! »

Après qu'Araken eut ingurgité une substance liquide dans une *cuia*, il prononça par trois fois :

— Tupã, Tupã, Tupã…

Il se mit soudain en transe et tomba à terre. Peu de temps après, il se releva, remit sa coiffe en place et s'exclama d'une voix forte :

— Tupã a parlé ! C'est lui qui a poussé l'étrangère à nous interrompre. Trop de sang a coulé entre nos deux tribus. Tupã exige que l'on brise la flèche et que le vainqueur prenne l'étrangère comme offrande. Tupã a parlé !

— Pitiguara, traduis-moi, qu'est-ce qu'il a dit ? demanda la jeune femme.

— Silence, étrangère, fit Pitiguara.

Les deux chefs de tribu prirent ensemble une flèche et la brisèrent.

— Pitiguara ? chuchota-t-elle comme pour s'excuser. Pourquoi ils ont brisé la flèche ?

— Tais-toi, femme…

Puis, voyant les deux chefs échanger quelques fumées d'adieu, il répondit :

— Bon… Briser la flèche est un symbole de trêve chez nous, nous allons enfin avoir la paix, je suis soulagé.

— Et moi, Pitiguara ? Que va-t-on me faire à moi ?

— Ah oui, toi ! Eh bien, tu as été donnée comme offrande à Xigua.

— Offrande ! Il va me manger ?

— Hé hé hé ! Non, répondit le pêcheur en riant, seuls les Tabajaras sont des mangeurs d'hommes. Offrande veut dire : épouse.

— Quoi ?

Pendant ce temps, Xigua s'empressa de s'entretenir avec Araken.

— Ô grand *Pajé*[9], je ne veux pas d'une étrangère comme épouse.

— Qui es-tu pour contester la parole de Tupã ? L'étrangère amènera notre tribu vers la gloire, c'est au-delà de mes espérances…

— Mais *Pajé*, comment une étrangère peut-elle nous apporter la gloire ? Les siens ne nous ont apporté que tribulations ! Xigua est un guerrier,

---

[9] *Pajé* : personne de haut rang chez les Tupis, ayant la fonction de guérisseur et chef spirituel.

Xigua veut combattre pour toujours, le mariage rend les hommes faibles !

— Xigua… J'entends ta colère, tu es bien comme ton père. Quand il est tombé à Mbororé[10], ce fut une grande perte pour nous tous. Mais n'oublie pas, même un grand guerrier comme lui devait respecter les paroles de Tupã.

— Xigua refuse ce mariage !

— Xigua fera ce que Tupã dira ! trancha Araken.

Ainsi, Xigua se retira en colère.

Les guerriers Tabajaras, sur le chemin de leurs terres, s'arrêtèrent un moment pour soigner les blessures de Jaka. Ce dernier jurait à chaque fois qu'un de ses hommes touchait à ses plaies :

— Je n'y crois pas ! L'étrangère est encore en vie ! La vengeance de Jaka sera rassasiée quand il boira le sang de l'étrangère !

---

[10] La bataille de Mbororé, le 11 mars 1641, est un affrontement qui opposa les Guaranis des missions jésuites et les Bandeirantes, explorateurs et aventuriers portugais. La bataille s'est terminée par la victoire des Guaranis.

— Jaka doit se calmer, dit l'un de ses hommes, les chefs ont brisé la flèche, nous ne voulons pas subir les éclairs de Tupã.

— L'étrangère m'a tout volé, fit l'autre comme s'il n'entendait rien. Mon combat, mon honneur ! Vivant à cause d'une femme… Une étrangère…

En effet, mourir au combat est Le plus grand des honneurs pour un guerrier Tabajaras.

II. Deuxième partie

Le jour du mariage était proche. Anna Maria avait appris auprès des femmes à faire sa toilette près de la cascade d'Ourém et à se maquiller comme une Indienne. Cependant elle refusait de se vêtir comme les indigènes.

Xigua, de son côté, n'avait encore échangé aucun mot avec sa future épouse. Il était toujours distant, plus occupé à chasser, couper du bois et vaquer à d'autres occupations. Anna Maria dormait dans sa cabane pourtant, mais il préférait passer ses nuits dans un hamac en fibres de noyer, qu'il avait solidement attaché entre deux arbres.

Pitiguara, quant à lui, montrait à son fils comment construire un arc :

— Voilà, c'est bien, fils, c'est du bois de *guatambú*[11]. Et la corde, d'où elle vient ?

---

[11] *Guatambú* : espèce d'arbre conifère de la famille des *Rutaceae*.

— *Embira* [12] ?
— Oui ! Bravo, mon fils. Où trouve-t-on la teinture ?
— Hum… Sur le *cipó-imbé*[13], père !
— Tu en sais bien plus que moi à ton âge, mon fils, je suis fier de toi.

Anna Maria, voyant cela, lâcha un léger sourire. Elle s'apprêtait à partir quand le jeune Caubi courut vers elle, en lui demandant d'attendre.

— Attends, étrangère ! Caubi a un cadeau pour toi.
— J'attends, jeune Caubi.

Elle lança un regard en direction de Pitiguara. Il y avait un soupçon d'ironie dans ce coup d'œil. Il lui répondit par un sourire.

Le jeune Caubi sortit de sa cabane presque aussi vite qu'il y était entré.

— Tiens étrangère, cadeau pour mariage.
— Qu'est-ce que c'est ? demanda-t-elle.

---

[12] *Embira* : écorce d'arbre tenace et flexible.
[13] *Cipó-imbé* : plante de la famille des *Araceae*.

— *Maracuja*[14], répondit Pitiguara. Le fruit a bon goût mais il a la couleur des Tabajaras[15]...

— Merci beaucoup, jeune Caubi, tu es un gentil garçon, fit l'étrangère.

Le jour du mariage arriva. Les gens souriaient radieusement comme la lumière du matin. Saraíba fut la première arrivée à la cabane de Xigua mais, à sa grande surprise, elle ne trouva personne. Elle alerta immédiatement son mari qui lui-même alla prévenir Xigua. Il le trouva encore affalé dans son hamac.

— Quelle bonne nouvelle ! lança Xigua avec un sourire en coin.

— Tu rigoles ? Le vieux *Pajé* va t'étriper ! répliqua Pitiguara.

— Pourquoi donc ?

— C'est ta femme, c'était à toi de la surveiller !

— Ce n'est pas encore ma femme et n'oublie pas à qui tu t'adresses, le pêcheur...

---

[14] *Maracuja* : fruit de la passion. Les missionnaires jésuites d'Amérique du Sud se servaient de la fleur de la passion pour représenter la Passion du Christ auprès des indigènes : son pistil, les dessins de sa corolle et diverses pièces florales ressemblaient selon eux à une couronne d'épines, au marteau et aux clous de la Crucifixion.

[15] La couleur des Tabajaras : jaune.

— Oui, pardon, chef, fit Pitiguara en baissant la tête, mais il faut la retrouver.

— Qu'elle aille au diable, trancha l'autre.

— Chef, tu sais bien qu'elle ne survivra pas un jour dans cette jungle…

Pitiguara, voyant que son chef ne répondait rien, le laissa seul dans ses pensées.

Les heures passèrent, toujours aucune trace de l'étrangère. La nouvelle vint aux oreilles d'Araken.

— Quel est ce chahut dehors ? demanda Araken.

— Pardon de te réveiller, valeureux grand Chef, dit l'un de ses gardes.

— Araken dort mais Tupã veille sur nous.

— Oui, nous le savons valeureux, mais l'étrangère, elle…

— Oui, parle.

— L'étrangère, elle…

— Parle ! Ou tu vas subir la main puissante d'Araken sur ton visage.

— L'étrangère a disparu, vénérable ! lâcha le garde en tremblant.

— Comment ? !

Araken ordonna sur-le-champ une réunion du clan. Néanmoins, il manquait sept hommes à l'appel.

— Où est Xigua ? demanda-t-il.

Xigua courait plus vite que la biche sauvage, pieds nus, la ceinture arborée de feuilles et de plumes rouges et noires, noble symbole des guerriers tupis. Il connaissait cette jungle, il l'avait parcourue depuis sa tendre enfance. Il s'arrêta un moment – ses compagnons avaient du mal à le suivre. Il avait pris six de ses meilleurs hommes, dont Pitiguara. Ces guerriers, fort expérimentés à l'art de la traque, s'enfonçaient à présent dans cette vaste jungle, le regard à l'affût. Chaque indice était important. L'un d'eux trouva un bout de tissu blanc sur une branche.

— C'est bien par-là ! chef.

Pitiguara, voyant quelque chose de troublant, s'arrêta subitement. Les traces de pas avaient subitement doublé de distance.

— Qu'en penses-tu ?
— Douze, peut-être plus… répondit Xigua, laissant paraître un sentiment d'inquiétude.

Quand ils arrivèrent enfin à proximité, ils virent qu'une douzaine d'hommes avaient capturé Anna Maria : des Hollandais vraisemblablement, ennemis des Tupis depuis toujours.

Xigua hésitait, lui qui avait affronté mille dangers n'avait jamais jusqu'ici ressenti cette sensation. Ce n'était pas de la peur. C'était autre chose, comme une certitude, la conviction que quelque chose de mal allait se produire.

— Restons à distance pour le moment, dit le chef, attendons un moment favorable.

Le moment favorable arriva. Il donna le plan.

Tous ses hommes étaient en position, attendant l'ordre d'assaut. Pitiguara regarda son chef, lui communiquant sa pensée : maintenant !

Xigua hésita de nouveau, cette fois c'était bien la peur. Pas pour lui, mais pour ses hommes. Il avait beau chercher dans son esprit, il avait beau sonder toutes les stratégies qu'il avait apprises depuis sa tendre enfance, il ne voyait pas comment il allait réussir à les garder tous en vie. Il serra fortement sa hachette une dernière fois et une goutte de sueur chemina jusqu'à l'arme. Enfin, il lança le signal en imitant le cri de la mouette.

Les hommes étonnés par le bruit se retournèrent, cherchant aveuglément sa provenance. Pitiguara fit diversion, des coups de feu retentirent ; l'un d'eux manqua de peu de le toucher. Les Indiens ripostèrent et la bataille fit rage. Des flèches fusaient dans les airs. De fines petites aiguilles empoisonnées, projetées à l'aide d'une longue sarbacane, touchèrent quelques soldats. Quelqu'un fit de nouveau diversion. Pitiguara tua un homme d'une flèche en pleine tête. Xigua, impatient, prêt à en découdre, attendait derrière un arbre, luttant contre son orgueil car il fallait suivre le plan.

Certains, peu de temps après avoir été touchés par les aiguilles, tombèrent comme morts.

C'était au tour du chef d'agir. Il sortit déchaîné, lança l'une de ses hachettes qui fendit le crâne d'un soldat. Ses compagnons se ruèrent simultanément sur leurs ennemis. Xigua évita un coup de baïonnette et d'un mouvement rapide, ouvrit le ventre d'un autre homme.

Anna Maria était désemparée devant tant de violence.

Pitiguara tua un autre soldat mais frôla de peu la mort, qu'il aurait connue si son chef n'était pas intervenu. Le regard de celui-ci dévia sur sa droite : il vit l'un de ses hommes se prendre une estocade. Ses yeux furent empreints d'une réflexion nouvelle, et sa hachette, d'un pouvoir nouveau. Dans sa colère, il se battait à présent avec fureur, comme possédé par un démon, tuant tout sur son passage. Devant tant de rage, les trois survivants qui tenaient Anna Maria jetèrent leurs armes à terre et, en signe de reddition, se mirent à genoux. L'un d'eux, voyant Xigua s'avancer, fut rempli d'une grande crainte. La pupille noire du guerrier s'éclaira comme le jais après son polissage. La lèvre du soldat frissonna :

— Mais qui es-tu ?

— Je m'appelle Brésil !

Et d'un coup puissant, il lui fendit le crâne.

Il ne restait plus que deux hommes, tremblants de peur, voyant leur fin venir. L'un d'eux urina sur place puis, cherchant une aide, désespéré, il lâcha un : « Pitié ! » Xigua le regarda d'un air sévère et dit d'une voix forte :

— *Takana* ! (Ce qui signifie : Tuez-les !)

— Non, arrêtez ! s'exclama Anna Maria, vous n'êtes pas obligés de les tuer !

Xigua, agacé plus que jamais, fit signe à ses hommes de continuer. Mais la jeune étrangère semblait elle aussi déterminée à sauver ses agresseurs, si bien qu'elle prit une arme au sol et menaça les Indiens.

— Ne vous approchez pas ! s'écria-t-elle.

L'un des soldats, profitant de ce moment de confusion, sortit lentement, très délicatement, un petit pistolet à coup unique, le pointa en direction de Xigua et, en prononçant des mots dans sa langue, appuya sur la détente.

***

Le coup, comme tous les autres, retentit si loin qu'il fut entendu par les vieilles oreilles d'Araken.

— Que faisons-nous, grand *Pajé* ? demanda le garde.

Le chef médita et répondit :

— Rien, continuons notre route, nous avons un travail à terminer…

***

Pitiguara, mort d'inquiétude, regarda son chef avec étonnement. Xigua lui-même était le plus surpris. Il examina son corps. Rien. Aucune blessure. C'était comme si la balle était passée sur son corps sans l'avoir touché. Mais quand il vit Anna Maria fondre en larmes, le fusil à la main, il comprit.

— Mon Dieu, j'ai tué un homme… se répétait machinalement la jeune femme en lâchant le fusil, comme s'il avait été Le péché du monde.

Quand Pitiguara comprit lui aussi qu'Anna Maria venait de sauver son chef, il se tourna vers Xigua et demanda : « Mais où est passé l'autre ? »

Le Hollandais, les cuisses encore toutes tremblantes, irritées par l'urine, s'enfonçait dans la jungle dense.

Xigua regarda son homme blessé et ordonna de le soigner plutôt que de suivre l'ennemi.

Le soleil était encore assez haut, il faisait une chaleur humide. Il fallait s'hydrater après cette bataille et prier pour que la pluie vienne, car les réserves d'eau étaient épuisées. Ils firent une civière avec les éléments qu'ils avaient à leur disposition. Pas question pour le chef de perdre un homme. Ils avaient réussi un exploit, mais il fallait maintenant rebrousser chemin.

Anna Maria avançait péniblement. Elle était éreintée ; elle n'avait presque pas dormi et la soif était de plus en plus alarmante. Néanmoins, ce qui inquiétait le plus la jeune femme, c'était le fait d'avoir tué un homme. La pauvre Anna Maria, si douce de nature, souffrait en tant que femme et également à présent dans son âme en tant que chrétienne. Tandis qu'elle se torturait l'esprit, Xigua, mécontent, donna un ordre à Pitiguara :

— Dis à l'étrangère d'avancer plus vite !
— Oui chef ! répondit ce dernier en exécutant ses ordres.
— Dis à ton chef qu'il vienne me le dire lui-même ! répliqua la jeune femme.

Xigua s'avança vers elle, le regard brûlant comme la braise. Elle en fut intimidée un instant.

— Avance, s'il te plaît, fit-il en se contraignant à beaucoup d'efforts pour être poli.

— Alors comme ça, tu parles ma langue depuis le départ ?

— Xigua parle très bien la langue de l'étrangère, mais Xigua agit plus qu'il ne parle, alors fais de même.

— Pourquoi obéirais-je ? Xigua déteste l'étrangère !

— Xigua ne déteste pas l'étrangère !

Après avoir prononcé ces mots, – qu'il fut le premier surpris d'entendre de sa bouche –, il resta pensif un instant, quand tout à coup, on entendit un éclair gronder dans la jungle, semblable au rugissement du jaguar. L'orage était proche. Il était là. Une pluie tiède se mit à tomber subitement dans toute la jungle, redonnant le sourire à tout le groupe. Même Xigua semblait satisfait. « Faites des réserves, vite ! dit-il. »

Anna Maria observa Xigua un instant, pour la première fois en vérité. La pluie coulait sur son corps, semblable aux larmes sur un visage. Elle se sentit ingrate pendant un moment : il l'avait sauvée à deux reprises et elle ne l'avait jamais remercié, ni ne lui avait même adressé la parole, sauf pour lui dire des choses désobligeantes. Elle ouvrit la bouche comme pour lui parler, mais elle s'arrêta net dans son élan. Enfin, elle dit :

— Je te remercie de m'avoir sauvée…
— L'étrangère doit remercier les hommes, répondit-il en montrant le blessé du doigt.

Il y eut un moment de silence, puis elle affirma :

— L'étrangère ne peut épouser Xigua.
— Xigua sait, Xigua aidera l'étrangère à trouver les siens.
— Je te remercie…

Pituguara revint avec les autres hommes, les réserves d'eau faites, et chuchota à l'oreille du chef à propos du blessé : « Il ne tiendra pas longtemps sans remède, il faut trouver le clan au plus vite. »

Mais cela, Xigua le savait déjà…

Il faisait encore jour quand ils revinrent au campement, mais il n'y avait personne. Avec la pluie, impossible de savoir depuis combien de temps. De la sciure de bois mouillé tapissait le sol ici et là, suivant le cheminement de l'eau. Anna Maria fut surprise de voir de nombreux troncs d'arbre sectionnés, dépassant le sol de quelques centimètres. Il y avait encore des traces de sève rouge sur les rondins, comme si les arbres avaient saigné. Quand Anna Maria demanda pourquoi ils avaient eu besoin de couper tout ce bois, Xigua répondit que c'était pour les Portugais :

> — Portugais aime bois braisé. Brésils[16] faire troc contre outil, fit-il en montrant l'endroit où étaient entreposés les outils en question.

Anna Maria ne vit que des babioles.

Mais Xigua fut intrigué : la livraison ne devait se faire que dans trois jours. Il se demandait pourquoi Araken avait subitement changé ses plans. Et plus important encore, il se demandait si le vieux *Pajé* n'avait tout simplement pas changé d'avis sur ce mariage :

« *Le vieux a fini par m'écouter…* ? se dit Xigua. *Ce serait une première…* »

Mais ce dialogue interne fut interrompu : son fidèle guerrier et compagnon avait atteint ses limites.

---

[16] Brésils : nom donné aux indigènes par les Portugais au début de la colonisation. Ce nom provient sans doute du bois exotique (couleur braisée), très convoité par les Portugais et très répandu au Brésil. Ce fut seulement le 7 septembre 1822, date de l'indépendance, que les peuples libres s'appelèrent eux-mêmes « les Brésiliens ».

Pitiguara lança un regard rempli de tristesse en direction du blessé. Ce regard signifiait tant de choses… L'homme était condamné. Pourtant, dans ses yeux il n'y avait aucune peur, pas de tristesse. C'était le regard d'un homme qui avait accompli sa mission et qui était prêt à rejoindre l'autre monde. Celui des esprits de la forêt.

— Je sais… dit l'homme en regardant Pitiguara, demain je ne verrai pas le soleil se lever.
— Que Tupã prenne soin de ton âme, mon ami, lui répondit le pêcheur en lui tenant la main.
— Je suis prêt. Emmenez-moi dans les bois sacrés, il y a là-bas l'arbre bien aimé de mon enfance.

Anna Maria s'approcha de lui, lui prit la main, puis la baisa.

Xigua emmena lui-même l'homme près de l'arbre. Il le déposa délicatement et lui dit :

— Toi aussi, tu t'appelles Brésil, mon frère…

L'homme n'avait plus de force pour parler, mais un sourire lui pendait aux lèvres, une paix indicible semblait l'envahir…

Après cela, Xigua effaça ses traces afin qu'aucune bête ne puisse trouver le guerrier avant qu'il ne soit vraiment mort.

III. Troisième partie

La nuit était proche. Elle était là. Les étoiles s'éclairaient peu à peu, ornant le ciel d'une magie indescriptible. Les animaux nocturnes s'invitaient dans la danse, contemplant eux aussi l'orchestre étoilé du Créateur. Pitiguara lança un regard vers Anna Maria, le même regard interrogateur qu'elle lui avait lancé quelques heures auparavant.

— Étrangère, tu dors ?

— Non…

— Étrangère, pourquoi tu veux sauver les gens à chaque fois ?

Après un petit moment de silence, elle répondit :

— Notre dieu il… Il nous enseigne à ne pas tuer et à aimer nos ennemis…

— Ne pas tuer… Aimer ses ennemis… Ce dieu semble très gentil, étrangère…

— J'ai entendu parler de leur dieu, intervint Xigua dans la langue des Tupis. Il est mort sur un morceau de bois. Puis, se tournant vers Anna Maria, il ajouta : Ton dieu est faible.

— Mon dieu n'est pas faible, il confond simplement les forts !

Après un moment de silence, Pitiguara demanda :

— Comment peut-on tuer un dieu si gentil ?

— On ne peut le tuer, il s'est livré lui-même pour le pardon des péchés... Il s'est chargé de toutes nos fautes.

— Toutes nos fautes ! Les miennes aussi ?

— Les tiennes aussi...

— Alors je veux connaître ce dieu ! s'exclama Pitiguara en souriant.

Xigua se leva en colère et partit.

— Xigua, attends ! lança Pitiguara.

Le pêcheur se leva comme pour le suivre, mais Anna Maria lui dit que cette fois, c'était à elle d'aller le chercher. Pitiguara insista, mais l'étrangère lui prit la main en lui promettant qu'elle ne fuirait pas.

Xigua monta jusqu'à la cascade d'Ourém et commença à faire sa toilette.

La lune donnait une teinte grisâtre à sa peau. Le calme régnait, la forêt semblait triste. Anna Maria l'observait secrètement. En dehors de Joseph, c'était la première fois qu'elle regardait un homme nu. Elle détailla son visage, une profonde tristesse semblait l'habiter. Cette fois, elle en avait la certitude, Xigua pleurait…

Il entendit un petit bruit, comme si quelqu'un venait de marcher sur une brindille.

— Qui va là ? Pitiguara, c'est toi ?

Après un moment, il vit Anna Maria s'avancer vers les eaux. Il alla vers elle lentement, parfaitement conscient de sa nudité. Elle lui demanda s'il voulait qu'elle parte.

— Reste.
— Tu es sûr ?
— Oui.
— Je serai toujours une étrangère pour toi, dit-elle en prenant son visage entre ses mains et en plongeant ses yeux dans les siens.

Elle lui avait jeté un de ces regards de femme qui pénètre l'âme d'un homme. Il l'embrassa délicatement puis il dit :

— Lèvres de miel.
— Comment ?
— Je vais t'appeler Lèvres de miel, car tes lèvres sont aussi douces que le miel.

Elle se demanda comment un guerrier comme lui, si brutal par moment, pouvait faire preuve de poésie.

La nuit fit place au matin. L'étrangère se réveilla enlacée dans les bras de Xigua. Il avait préparé pour elle un endroit aussi doux que le nid d'un colibri. Quand Pitiguara vit Anna Maria sortir de la cabane aux côtés de Xigua, il commenta :

— Je vois que la nuit a été courte pour certains…
— Tais-toi, réplica Xigua, nous avons du chemin à faire, allons.

Le capitaine, affalé sur son fauteuil, les jambes croisées à cheval sur son bureau, fit un signe avec tant de mollesse que le garde hésita à parler.

— Voici l'indigène que vous avez demandé, mon capitaine !
— Bien, fais-le donc entrer…
— Vous… Vous êtes bien sûr, mon capitaine ? Un indigène ici, c'est mal vu.
— C'est avec des raisonnements de ce genre que l'on perd une guerre. C'est pourquoi moi, je suis capitaine et toi, tu ferais bien de suivre mes ordres car penser, ce n'est pas ton truc…
— Oui, mon capitaine !

Le soldat sortit et revint aussitôt aux côtés d'un indigène, qui était lui-même accompagné d'un traducteur.

— Waouh, quelle montagne ! fit le capitaine en admirant le corps de l'homme rouge.

Puis, regardant le traducteur, il dit :

— Jansen Van Rensburg, dis-lui que je suis enchanté de faire sa connaissance.
— Il s'appelle Jaki, monsieur, répondit le traducteur.
— Jaka s'appelle Jaka ! fit l'Indien en colère.
— Oh je vois… Il a du caractère, lança le capitaine en souriant. Je n'en avais jamais vu d'aussi près ; pas de vivant en tout cas. Impressionnant… Tu veux que je te raconte une histoire, traducteur ?
— Une histoire, monsieur ?
— Oui, tu aimes l'histoire, traducteur ?
— Oui… Eh bien je…
— La ferme et écoute, voici le résumé de la guerre : quand les Espagnols arrivèrent ici, ils firent l'immense erreur de tirer à vue, ce qui provoqua un bain de sang dans les deux camps. Nous, les Hollandais, nous tirions sur tout ce qui n'était pas hollandais, ce qui fut également un bain de sang. Des guerres éclatèrent sur les terres et sur les mers, mais les Portugais, vous savez ce qu'ils ont fait ?
— Ils se sont alliés avec les indigènes, monsieur ?

— Exact ! Tu es moins bête que mes officiers, je devrais t'engager… En effet, les Portugais furent bien sages de s'allier aux Indiens. Cela leur permit de circuler pacifiquement dans tout le continent, de plus, cela leur donna le temps nécessaire pour fortifier les ports, avec leurs châteaux forts et leurs canons !

— Oui monsieur, je sais bien mais… Je ne comprends pas ce que vous voulez de moi.

— Eh bien ! Dis à ce foutu Indien que je veux que nous soyons alliés, je ferai de lui le roi de ces terres, je vais le couvrir d'or et un jour, ce pays sera définitivement à nous ! Ne lui traduis pas la fin, bien entendu…

— Les indigènes n'ont que faire de l'or, monsieur.

— C'est bien dommage ! Il ne veut même pas trente pièces d'or ? Il veut quoi, alors ?

— Des outils, monsieur, des ciseaux, des choses de ce genre…

— Mon Dieu ! Ça va être plus simple que je ne le pensais. Alors, dis-moi, l'Indien, qu'est-ce que tu as pour moi ?

***

Araken et sa tribu arrivèrent sur le lieu de livraison. Les Tupis, fatigués du trajet, se reposèrent un moment sous l'ombre des arbres. Guerriers et coupeurs, après un bref instant de repos, se hâtèrent de charger le bateau avec l'aide des Portugais.

— Quelle vue magnifique… pensa le vieux *Pajé* en regardant des hommes différents, pour ne pas dire d'un autre monde, travaillant main dans la main.

Puis le chef des Tupis observa les oiseaux venant chercher les généreuses semences tombées des fruits par la force du vent.

— Ô Tupã, merci pour ta bonté, même les oiseaux tu en prends soin.

Enfin, il regarda vers la mer et vit l'immensité de l'horizon.

— Ô Tupã, tu es grand comme l'océan, bon comme le ciel.

Le responsable du quai arriva.

— Comme il est bon de te voir, vieille peau ! fit l'homme, qui connaissait Araken depuis des années et l'avait comme ami.

— Le cœur d'Araken est heureux de te voir, mon ami, répondit le vieux sage.
— Bah ! Toujours ces phrases bizarres… Bon, dis-moi, tu viens vachement en avance cette fois, pourquoi ?
— En avance ? Araken a reçu le message pourtant…
— Quel message ? Je n'ai rien envoyé, moi.

Araken montra la bannière des marins portugais : cinq écus bleus sur un écu blanc représentant la victoire sur les cinq rois maures lors de la bataille d'Ourique[17].

— Elle était accrochée sur un arbre, reprit Araken, près de nos terres, comme d'habitude…
— Tiens, c'est très curieux…
— Oui, curieux… répéta Araken en se grattant le menton de sa vieille main striée.

---

[17] La bataille d'Ourique a eu lieu le 25 juillet 1139 à Ourique, actuel Alentejo (au sud du Portugal). Selon la tradition, elle serait la date anniversaire d'Alphonse-Henriques de Portugal, reconnu comme le saint patron de la lutte contre les Maures et surnommé « Matamore » (tueur de Maures). Les cinq rois maures vaincus de Lisbonne, Badajoz, Beja, Elvas et Évora marquent la naissance et l'indépendance du pays.

— Bon ! Ça ne fait rien, tu es là, alors au boulot ! Mais ça va me prendre un peu de temps pour rassembler les outils pour le troc.

— Araken n'est pas pressé.

Le chef de quai fit signe à ses hommes d'approcher et leur donna des instructions.

— En revanche, dit le chef du quai en se grattant la tête, je suis un peu embêté de te dire ça, la prochaine livraison se fera à la première lune.

— Mais, c'est dans quatorze levers de soleil, lança Araken étonné.

— Oui je sais, mais j'ai des ordres, je ne décide de rien, moi, tu sais.

Le vieux chef médita et répondit :

— Il nous faudra plus d'outils pour couper, les nôtres sont usés.

— C'est comme si c'était fait !

Le portugais prit Araken dans ses bras et lui fit ses adieux. Il se retourna comme pour partir et fredonna quelques airs des *Lusiades*[18], quand soudain il ajouta :

---

[18] *Les Lusiades* : œuvre majeure du célèbre poète portugais Luís de Camões. À l'instar de l'Iliade ou de l'Odyssée pour la Grèce antique ou l'Énéide pour Rome, *Les Lusiades* est une œuvre destinée à raconter et à glorifier la naissance et le destin

— Ah oui, j'allais oublier… Bon, rien de grave… N'aurais-tu pas trouvé une femme blanche à tout hasard dans ta jungle ?

— Une femme blanche ! répéta Araken, qui avait peine à croire ce qu'il venait d'entendre.

— Oui, une des nôtres, quoi. Un homme est venu l'autre jour, il disait avoir survécu à un sale truc, je ne te raconte même pas. Pour moi il avait plutôt l'air d'un fou. Mais, bon, il avait de beaux vêtements et il parlait foutrement bien, alors nous l'avons gardé avec nous, il est l'un des nôtres après tout.

— Montre-moi cet homme, dit le vieux chef.

---

de la nation et de l'empire portugais. L'épopée des Lusiades est associée au renforcement du sentiment national portugais et a contribué à son essor, si bien que le 10 juin 1580 (date de la mort du poète) devint le jour de la fête nationale, aussi appelée « Le Jour du Portugal ». L'œuvre de Luís de Camões peut être comparée à celles de Virgile, Dante ou Shakespeare.

Il faisait encore jour quand Anna Maria arriva sur la plage. Les vagues de la mer claquaient contre les rochers, les ressacs se déchaînaient avec fureur, éclatant en flocs de mousses blanches. Non loin de là, Araken, aussi solide qu'un manguier centenaire, discutait avec un homme. En s'approchant, elle crut voir un fantôme : c'était bien Joseph qui était auprès du vieux sage. Les lèvres de la jeune femme frissonnèrent.

— Joseph !

Il se tourna vers elle et ses yeux reprirent vie. Mais ce fut seulement au toucher qu'il crut ; tel celui qui avait touché le Christ.[19]

Xigua s'approcha et son regard croisa celui de Joseph. Seules les horloges du ciel peuvent conter les mystères des instants brefs qui semblent infinis. Et ce

---

[19] Cf. Thomas dans la Bible. L'évangile selon Jean lui donne une place particulière. Il doute de la résurrection de Jésus-Christ, ce qui fait de lui le symbole de l'incrédulité religieuse.

bref instant, Xigua voulut sans doute le retenir quand son regard se posa sur celui d'Anna Maria. Elle y déchiffra quelques mots :

— Tout va bien… Pars avec lui, étrangère, tu seras heureuse…

Avant même qu'elle ait pu exprimer la joie des retrouvailles et le chagrin des adieux, une détonation retentit non loin de la plage.

Xigua poussa Anna Maria dans les bras de Joseph.

— Vite, le bateau !

Les tirs fusaient dans les airs, comme sur un champ de bataille. Mais sur cette plage, il n'y avait point de bataille : c'était un massacre. Les Indiens tombaient par dizaines, tout cela sous le regard du vieux *Pajé*. Pitiguara mourut en essayant de protéger sa femme ; Saraíba mourut en essayant de protéger son fils. Le petit Caubi, quant à lui, resta entre les corps inanimés de ses deux parents, son sourire éteint à jamais. Cette plage paradisiaque ressemblait désormais à l'enfer.

Araken sentit l'odeur de son sang monter dans sa gorge : il n'y avait pas prêté attention, mais il avait un trou dans sa poitrine, à droite.

— Ô Tupã, pourquoi m'infliges-tu cette épreuve ?...

Son regard dévia sur le bateau, il vit Anna Maria en sanglots, cherchant désespérément à venir en aide à Xigua qui se battait vigoureusement, comme un lion.

— Ô Tupã, je comprends... Tupã... En toi, je remets mon esprit.

Araken tomba. Un vent fort souffla sur toute la plage, comme s'il avait été l'esprit d'Araken retournant dans la forêt.

Le capitaine Van Rensburg observait avec admiration le carnage, les yeux exorbités, excités, tel un fou. Jaka à ses côtés semblait docile, muet comme une carpe.

— Voilà comment faire d'une pierre deux coups ! Bravo l'Indien ! Ses chiens vont payer ce qu'ils ont fait à mes hommes. Après cela, nous irons rendre une petite visite aux tiens, tu m'entends, espèce d'Indien stupide ? Être inférieur de merde !

Jansen ricana de nouveau et chaque ricanement était comme un coup de lance sur le côté encore rougeâtre du guerrier Tabajaras.

Jaka reconnut son rival. Xigua se battait au loin. Il semblait en difficulté, bien cerné d'ennemis, pris au piège.

Jaka tressaillit.

— Non ! L'ombre de Xigua ne disparaîtra pas ainsi !

Soudain, il prit les ciseaux qui étaient sur la table et les enfonça dans la gorge du capitaine. Une pluie chaude gicla sur le visage du Tabajaras, lui donnant une apparence encore plus effrayante. Les gardes furent pris au dépourvu, ils ne comprirent pas pourquoi l'Indien, qui semblait si docile, était devenu subitement un meurtrier enragé. Ils n'eurent pas le temps de répondre à cette question que Jaka était déjà près d'eux, prêt à en découdre. Avec ses bras robustes, il broya leurs cous comme s'ils avaient été des cous de poules. Puis il alla aussitôt porter secours à son rival.

Les deux ennemis se battaient désormais côte à côte, mêlant leur sueur et leur sang. Xigua était gravement blessé, mais il tenait encore debout, semblable à un lion mourant, toujours convaincu d'être le roi de la jungle.

Anna Maria se dégagea de Joseph l'espace d'un instant et hurla :

— XIGUA !

Ce cri fut douloureux pour Joseph. Il avait deviné. Ce cri, ce n'était pas un cri anodin.

Xigua aussi l'entendit. Un de ses sourcils frissonna, mais il se défendit de la regarder, il devait rester concentré. Et puisque c'était sans doute son dernier combat, se disait-il, autant qu'il fût glorieux. Soudain il brandit sa hachette, sa bouche était ensanglantée, ses yeux remplis de conviction, mais avant même qu'il ait pu s'élancer en avant, un tir retentit sur la plage et Xigua s'écroula sur le sable. Cependant il eut la force de prendre quelques grains dans sa main et il remarqua alors que certains étaient de couleur vermeille.

Neuf mois plus tard

La sage-femme entrouvrit la porte un instant.

— Encore un peu de patience, monsieur, ça vient.

Elle referma la porte aussitôt. Derrière elle, se trouvait Joseph, il pouvait entendre avec impuissance les douloureux cris de sa femme.

Il était angoissé, fatigué et impatient. Sa femme vivait un calvaire. Il faisait les cent pas, alternant sa marche avec de brefs repos sur le banc. Ce dont il avait envie, c'était de saisir la main de sa femme. Mais il ne supportait pas la vue du sang, à plus forte raison si ce sang provenait d'un être cher. Il se devait d'être fort. Soudain, il y eut un grand calme, sa femme ne criait plus. Et, quelques instants plus tard, il entendit les pleurs du nourrisson. Le cœur de Joseph palpita de plus belle.

Lorsque la sage-femme ouvrit de nouveau la porte, son visage montrait une expression inquiétante.

— Que se passe-t-il ? demanda Joseph ayant lu l'inquiétude sur son visage.
— Nous sommes désolés, monsieur, il semblerait qu'il y ait un petit problème avec votre enfant.
— Un problème ! Quel genre de problème ?
— Sa peau, monsieur, elle est rouge…

J'aurais voulu lui donner le nom d'un saint, j'aurais voulu qu'il porte le nom d'un fleuve amazonien, l'appeler miracle de vie, mais ce fut Joseph qui me fit cette grâce : Brésil, c'est ainsi qu'il le nomma. Je fus bien entendu heureuse d'entendre ce nom. Mon Dieu, comme il est beau cet enfant… Ses yeux, deux perles de jais entourées de blanc, semblent s'éveiller de jour en jour.

Quelques mois après la naissance de Brésil, nous déménageâmes à Cascais, une ville située en bord de mer, à l'ouest de Lisbonne. Je ne voulais plus de Lisbonne car j'avais l'impression que Lisbonne ne voulait plus de moi. La vérité, c'est que je ne savais plus ce que signifiait être chez moi, ni ce que voulaient dire les miens.

Quand Brésil eut un an, nous apprîmes la défaite des Hollandais dans cette guerre qui se jouait là-bas, dans ce pays lointain. Nous ne commentâmes pas cette nouvelle, Joseph et moi, mais nous savions tous deux que chacun de nous était heureux de l'apprendre. Et… pour tout vous dire, cela nous apporta un peu de réconfort. Je dis réconfort parce que, cette même année, Joseph avait appris de la bouche d'un médecin italien un peu bourru qu'il ne pourrait jamais me donner d'enfant. Mais il continuait d'espérer comme Abraham, le père de la foi.

Je me souviens encore de cette prière qu'il avait formulée quand il était en mer, dérivant dans l'obscurité, accroché sur ce morceau de bois. La voici : « Seigneur, si tu nous sauves, ma femme et moi, je te promets de l'aimer éperdument jusqu'à mon dernier souffle. » Quelle simple prière et pourtant… Je suis témoin, lecteur, qu'il a accompli à merveille sa promesse jusqu'à présent.

J'ai aussi appris à aimer Joseph, c'est-à-dire en vérité. Mais je dois vous avouer que lorsque je l'ai vu jouer avec Brésil, en prenant sa fine main de petit garçon comme s'il avait été son propre fils, oui, je dois vous avouer que, à ce moment précis, j'en ai aimé davantage Joseph. Avec les années qui ont défilé sans que nous y prenions garde, Joseph est devenu encore plus aimable, le vent plus léger, les nuits plus douces et Dieu plus Dieu, tout a été parfait sous ce ciel immuable.

Maintenant, si tu considères, lecteur, que Brésil fut unique, il n'y a rien dans ce monde qui ne soit plus vrai. Tu pourras donc imaginer les soucis qu'il nous donna, les nuits de sommeil dont il nous priva, la moindre fièvre devenant une frayeur.

Aujourd'hui, au moment où vous lisez ces lignes, Brésil a dix ans : c'est un beau gaillard aux yeux sombres, déjà vifs, comme s'ils voulaient séduire toutes les jeunes filles du voisinage, ou presque toutes.

Nous vivons à Rome depuis presque trois ans, non loin de ce qu'ils appellent depuis peu « La Piazza San Pietro ». Oui, les hommes sont ainsi, ils essayent toujours d'immortaliser les saints. Les étoiles nous rappellent constamment qu'elles seront encore là, même quand nous serons tous devenus poussière. Mais ce qui compte pour moi, c'est que Brésil, bien qu'il sache aujourd'hui la vérité sur Xigua, est heureux d'apprendre que notre famille va encore s'agrandir.

Anna Maria de La Cruz, 16 septembre 1663.

FIN